你的一切

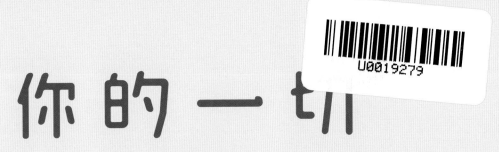

文‧圖／艾瑪‧達德 Emma Dodd

翻譯／李貞慧

我ㄨㄛˇ最ㄗㄨㄟˋ愛ㄞˋ你ㄋㄧˇ的ㄉㄜ˙哪ㄋㄚˇ一ㄧˊ個ㄍㄜˋ部ㄅㄨˋ分ㄈㄣ呢ㄋㄜ˙？
我ㄨㄛˇ來ㄌㄞˊ做ㄗㄨㄛˋ個ㄍㄜˋ小ㄒㄧㄠˇ測ㄘㄜˋ試ㄕˋ……

當你微笑的時候，你明亮的眼睛會閃爍，

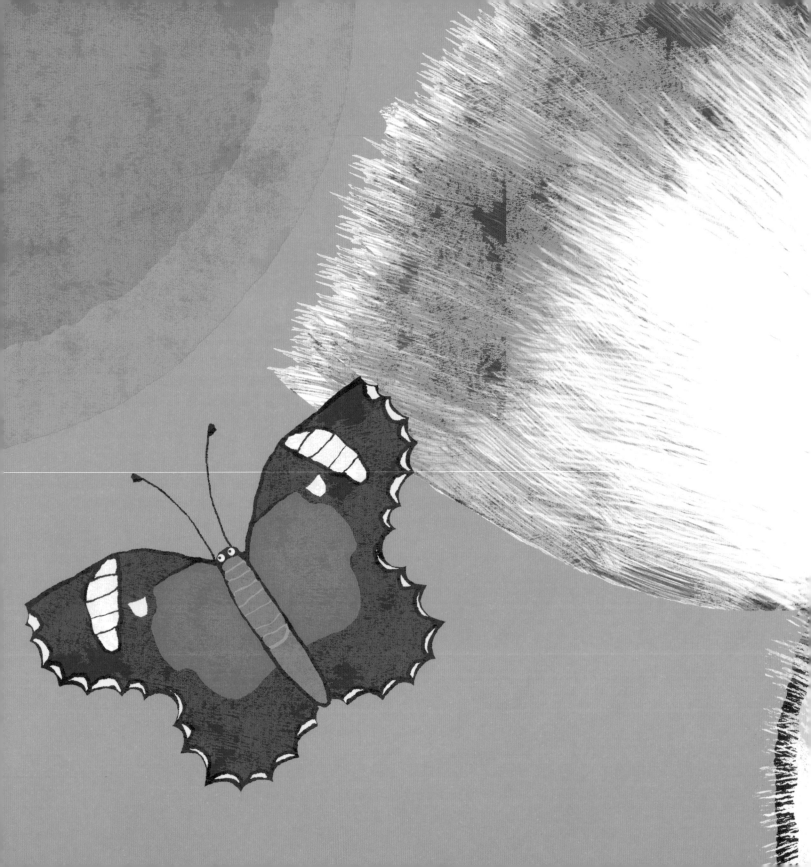

你ㄋㄧˇ的ㄉㄜ˙鼻ㄅㄧˊ子ㄗˇ也ㄧㄝˇ開ㄎㄞ始ㄕˇ變ㄅㄧㄢˋ皺ㄓㄡˋ。

你ㄋㄧˇ的ㄉㄜ˙笑ㄒㄧㄠˋ聲ㄕㄥ讓ㄖㄤˋ我ㄨㄛˇ心ㄒㄧㄣ花ㄏㄨㄚ怒ㄋㄨˋ放ㄈㄤˋ。

你ㄋㄧˇ溫ㄨㄣ暖ㄋㄨㄢˇ的ㄉㄜ˙擁ㄩㄥ抱ㄅㄠˋ讓ㄖㄤˋ我ㄨㄛˇ
如ㄖㄨˊ奶ㄋㄞˇ油ㄧㄡˊ般ㄅㄢ融ㄖㄨㄥˊ化ㄏㄨㄚˋ。

我ㄨㄛˇ愛ㄞˋ你ㄋㄧˇ，在ㄗㄞˋ你ㄋㄧˇ一ㄧ團ㄊㄨㄢˊ亂ㄌㄨㄢˋ的ㄉㄜ˙時ㄕˊ候ㄏㄡˋ。

你³的²眼³淚⁴告⁴訴⁴我³
你³需¹要⁴擁³抱⁴。

你_{ㄋㄧˇ}的_{ㄉㄜ˙}親_{ㄑㄧㄣ}吻_{ㄨㄣˇ}帶_{ㄉㄞˋ}給_{ㄍㄟˇ}
我_{ㄨㄛˇ}滿_{ㄇㄢˇ}臉_{ㄌㄧㄢˇ}光_{ㄍㄨㄤ}彩_{ㄘㄞˇ}。

你擁有我所知道最為迷人的臉龐。

我ㄨㄛˇ無ㄨˊ法ㄈㄚˇ想ㄒㄧㄤˇ像ㄒㄧㄤˋ沒ㄇㄟˊ有ㄧㄡˇ
你ㄋㄧˇ的ㄉㄜ˙生ㄕㄥ活ㄏㄨㄛˊ……

喔ㄛ，我ㄨㄛ愛ㄞ你ㄋㄧ的ㄉㄜ一ㄧ切ㄑㄧㄝ。

文・圖／艾瑪・達德　翻譯／李貞慧

主編／胡琇雅　行銷企畫／倪瑞廷　美術編輯／蘇怡方

董事長／趙政岷　第五編輯部總監／梁芳春

出版者／時報文化出版企業股份有限公司

108019台北市和平西路三段240號七樓

發行專線／（02）2306-6842

讀者服務專線／0800-231-705、（02）2304-7103

讀者服務傳真／（02）2304-6858

郵撥／1934-4724時報文化出版公司

信箱／10899臺北華江橋郵局第99信箱

統一編號／01405937

copyright © 2021 by China Times Publishing Company

時報悅讀網／www.readingtimes.com.tw

法律顧問／理律法律事務所　陳長文律師、李念祖律師

Printed in Taiwan

初版一刷／2021年05月14日

採環保大豆油墨印製

Everything...

First published in the UK in 2013 by Templar Books,

an imprint of Bonnier Books UK,

The Plaza, 535 King's Road, London, SW10 0SZ

www.templarco.co.uk

www.bonnierbooks.co.uk